Hermann Hesse
Wege nach Innen

Siegfried Unseld stellt in diesem Band jene Gedichte von Hermann Hesse vor, von denen er im Nachwort sagt, daß sie ihn durch sein Leben begleitet haben. Neben den schönsten Naturgedichten und Hesses zeitloser Gedankenlyrik (»Glück«, »Bücher«, »Sprache«, »Besinnung«, »Stufen«) enthält seine Auswahl auch Gedichte über die der Lyrik verwandteste Kunstgattung, die Musik (»Orgelspiel«, »Flötenspiel«). Hesses Gedichte lösen ein, was er über den Impuls, sie zu schreiben, sagte: »Alle Lyrik ist Spiegelung der Welt im vereinzelten Ich, Antwort des Ich auf die Welt, ist Klage, Besinnung und Spiel einer ganz und gar bewußt gewordenen Vereinsamung.« Wiedergaben der Handschriften und farbig reproduzierte Aquarelle des Dichters machen den Band zu einer bibliophilen Kostbarkeit.

Diese Auswahl von Gedichten Hermann Hesses erscheint zum Welttag des Buches 2001 in einer einmaligen, limitierten Sonderausgabe.

HERMANN HESSE

WEGE NACH INNEN

25 Gedichte

Ausgewählt und mit einem

Nachwort versehen von

Siegfried Unseld

Insel Verlag

Umschlagabbildung: Montagnola, 15. 8. 1928

Einmalige Sonderausgabe
zum Welttag des Buches 2001

Der gedruckte Text folgt der Ausgabe: Hermann Hesse, Die Gedichte.
Die Abweichungen gegenüber den Gedichthandschriften
wurden belassen.

Vertrieb durch den Suhrkamp Taschenbuch Verlag
Satz: MZ-Verlagsdruckerei, Memmingen
Druck: Clausen & Bosse, Leck
Printed in Germany

ISBN 3-458-06617-9

Ein Gedicht zu lesen, ist von
allen literarischen Genüssen
der höchste und reinste.

Grüße von

H Hesse

Ein Gedicht zu lesen, ist von
allen literarischen Genüssen
der höchste und reinste.

Grancia, 1924

DORFABEND

Der Schäfer mit den Schafen
Zieht durch die stillen Gassen ein,
Die Häuser wollen schlafen
Und dämmern schon und nicken ein.

Ich bin in diesen Mauern
Der einzige fremde Mann zur Stund,
Es trinkt mein Herz mit Trauern
Den Kelch der Sehnsucht bis zum Grund.

Wohin der Weg mich führet,
Hat überall ein Herd gebrannt;
Nur ich hab nie gespüret,
Was Heimat ist und Vaterland.

Birken bei Santa Maria ob Agno. April 1921

DIE BIRKE

Eines Dichters Traumgerank
Mag sich feiner nicht verzweigen,
Leichter nicht dem Winde neigen,
Edler nicht ins Blaue steigen.

Zärtlich, jung und überschlank
Lässest du die lichten, langen
Zweige mit verhaltnem Bangen
Jedem Hauche regbar hangen.

Also wiegend leis und schwank
Willst du mir mit deinen feinen
Schauern einer zärtlich reinen
Jugendliebe Gleichnis scheinen.

Locarno, Juni 1925

WEISSE WOLKEN

O schau, sie schweben wieder
Wie leise Melodien
Vergessener schöner Lieder
Am blauen Himmel hin!

Kein Herz kann sie verstehen,
Dem nicht auf langer Fahrt
Ein Wissen von allen Wehen
Und Freuden des Wanderns ward.

Ich liebe die Weißen, Losen
Wie Sonne, Meer und Wind,
Weil sie der Heimatlosen
Schwestern und Engel sind.

Elisabeth

Wie eine weisse Wolke
Am hohen Himmel steht,
So weiss und schön und ferne
Bist Du, Elisabeth.

Die Wolke geht und wandert,
Kaum hast Du ihrer acht,
Und doch durch Deine Träume
Geht sie in dunkler Nacht,

Geht und erglänzt so selig,
Dass fortan ohne Rast
Du nach der weissen Wolke
Ein süsses Heimweh hast.

ELISABETH

Wie eine weiße Wolke
Am hohen Himmel steht,
So weiß und schön und ferne
Bist du, Elisabeth.

Die Wolke geht und wandert,
Kaum hast du ihrer acht,
Und doch durch deine Träume
Geht sie in dunkler Nacht.

Geht und erglänzt so silbern,
Daß fortan ohne Rast
Du nach der weißen Wolke
Ein süßes Heimweh hast.

Im Nebel

Seltsam, im Nebel zu wandern!
Einsam ist jeder Busch und Stein,
Kein Baum sieht den andern,
Jeder ist allein.

Voll von Freunden war mir die Welt,
Als noch mein Leben licht war;
Nun da der Nebel fällt,
Ist keiner mehr sichtbar.

Wahrlich, keiner ist weise,
Der nicht das Dunkel kennt,
Das unentrinnbar und leise
Von allen ihn trennt.

Seltsam, im Nebel zu wandern!
Leben ist Einsamsein.
Kein Mensch kennt den andern
Jeder ist allein.

IM NEBEL

Seltsam, im Nebel zu wandern!
Einsam ist jeder Busch und Stein,
Kein Baum sieht den andern,
Jeder ist allein.

Voll von Freunden war mir die Welt,
Als noch mein Leben licht war;
Nun, da der Nebel fällt,
Ist keiner mehr sichtbar.

Wahrlich, keiner ist weise,
Der nicht das Dunkel kennt,
Das unentrinnbar und leise
Von allen ihn trennt.

Seltsam, im Nebel zu wandern!
Leben ist Einsamsein.
Kein Mensch kennt den andern,
Jeder ist allein.

Spruch

So sollst du allen Dingen
Bruder und Schwester sein,
Dass sie Dich ganz durchdringen,
Dass Du nichts weisst von Mein
und Dein.

Kein Stern, Kein Laub soll fallen:
Du musst mit ihm vergehn!
So wirst Du auch mit allen
Allstündlich auferstehn.

SPRUCH

So mußt du allen Dingen
Bruder und Schwester sein,
Daß sie dich ganz durchdringen,
Daß du nicht scheidest Mein und Dein.

Kein Stern, kein Laub soll fallen –
Du mußt mit ihm vergehn!
So wirst du auch mit allen
Allstündlich auferstehn.

Glück

Solang du nach dem Glücke jagst,
Bist du nicht reif zum Glücklichsein,
Und würde alles Liebste dein.

Solang du um Verlorenes klagst
Und Ziele hast und rastlos bist,
Weisst du noch nicht, was Friede ist.

Erst wenn du jedem Wunsch entsagst,
Nicht Ziel mehr noch Begehren kennst,
Das Glück nicht mehr mit Namen nennst,

Dann reicht dir das Geschehens Flut
Nicht mehr ans Herz, und deine
Seele ruht.

GLÜCK

Solang du nach dem Glücke jagst,
Bist du nicht reif zum Glücklichsein,
Und wäre alles Liebste dein.

Solang du um Verlornes klagst
Und Ziele hast und rastlos bist,
Weißt du noch nicht, was Friede ist.

Erst wenn du jedem Wunsch entsagst,
Nicht Ziel mehr noch Begehren kennst,
Das Glück nicht mehr mit Namen nennst,

Dann reicht dir des Geschehens Flut
Nicht mehr ans Herz, und deine Seele ruht.

Magnolienblüte, Mai 1928

DER BLÜTENZWEIG

Immer hin und wider
Strebt der Blütenzweig im Winde,
Immer auf und nieder
Strebt mein Herz gleich einem Kinde
Zwischen hellen, dunklen Tagen,
Zwischen Wollen und Entsagen.

Bis die Blüten sind verweht
Und der Zweig in Früchten steht,
Bis das Herz, der Kindheit satt,
Seine Ruhe hat
Und bekennt: voll Lust und nicht vergebens
War das unruhvolle Spiel des Lebens.

Stilleben bei Nacht, Oktober 1935

BEIM SCHLAFENGEHEN

Nun der Tag mich müd gemacht,
Soll mein sehnliches Verlangen
Freundlich die gestirnte Nacht
Wie ein müdes Kind empfangen.

Hände laßt von allem Tun,
Stirn vergiß du alles Denken,
Alle meine Sinne nun
Wollen sich in Schlummer senken.

Und die Seele unbewacht
Will in freien Flügen schweben,
Um im Zauberkreis der Nacht
Tief und tausendfach zu leben.

Weg nach Innen

Wer den Weg nach innen fand,
Wer in glühndem Sichversenken
Je der Weisheit Kern geahnt:
Dass sein Sinn sich Gott und Welt
Nur als Bild und Gleichnis wähle –

Ihm wird jedes Tun und Denken
Zwiegespräch mit seiner eigenen Seele,
Welche Welt und Gott enthält.

Wer den Weg nach innen fand,
Wer in glühndem Sichversenken
Je der Weisheit Kern geahnt,
Daß sein Sinn sich Gott und Welt
Nur als Bild und Gleichnis wähle:
Ihm wird jedes Tun und Denken
Zwiegespräch mit seiner eignen Seele,
Welche Welt und Gott enthält.

Sonnenblumen, August 1924

BÜCHER

Alle Bücher dieser Welt
Bringen dir kein Glück,
Doch sie weisen dich geheim
In dich selbst zurück.

Dort ist alles, was du brauchst,
Sonne, Stern und Mond,
Denn das Licht, danach du frugst,
In dir selber wohnt.

Weisheit, die du lang gesucht
In den Bücherein,
Leuchtet jetzt aus jedem Blatt –
Denn nun ist sie dein.

Vergänglichkeit

Vom Baum des Lebens fällt
Mir Blatt um Blatt.
O taumelbunte Welt,
Wie machst du satt,
Wie machst du satt und müd,
Wie machst du trunken!
Was heut noch glüht,
Ist bald versunken.
Bald klirrt der Wind
Über mein schmales Grab,
Über das kleine Kind
Beugt sich die Mutter herab.
Ihre Augen will ich wiedersehn,
Ihr Blick ist mein Stern,
Alles andre mag gehn und verwehn,
Alles stirbt, alles stirbt gern.
Nur die ewige Mutter bleibt,
Von der wir kamen,
Ihr spielender Finger schreibt
In die flüchtige Luft
unsre Namen.

VERGÄNGLICHKEIT

Vom Baum des Lebens fällt
Mir Blatt um Blatt,
O taumelbunte Welt,
Wie machst du satt,
Wie machst du satt und müd,
Wie machst du trunken!
Was heut noch glüht,
Ist bald versunken.
Bald klirrt der Wind
Über mein braunes Grab,
Über das kleine Kind
Beugt sich die Mutter herab.
Ihre Augen will ich wiedersehn,
Ihr Blick ist mein Stern,
Alles andre mag gehn und verwehn,
Alles stirbt, alles stirbt gern.
Nur die ewige Mutter bleibt,
Von der wir kamen,
Ihr spielender Finger schreibt
In die flüchtige Luft unsre Namen.

Häuser mit Sonnenblumen, 1932

Den ewigen Bildern treu, standhaft im Schauen
Stehst du zu Tat und Opferdienst bereit.
Doch fehlt in einer ehrfurchtlosen Zeit
Dir Amt und Kanzel, Würde und Vertrauen.

Dir muß genügen, auf verlorenem Posten,
Der Welt zum Spott, nur deines Rufs bewußt,
Auf Glanz verzichtend und auf Tageslust,
Zu hüten jene Schätze, die nicht rosten.

Der Spott der Märkte mag dich kaum gefährden,
Solang dir nur die heilige Stimme tönt;
Wenn sie in Zweifeln stirbt, stehst du verhöhnt
Vom eigenen Herzen als ein Narr auf Erden.

Doch ist es besser, künftiger Vollendung
Leidvoll zu dienen, Opfer ohne Tat,
Als groß und König werden durch Verrat
Am Sinne deines Leids: an deiner Sendung.

Blauer Schmetterling

Flügelt ein kleiner blauer
Falter vom Wind geweht,
Ein perlmutterner Schauer,
Glitzert, flimmert, vergeht.

So mit Augenblicksblinken,
So im Vorüberwehn
Sah ich das Glück mir winken,
Glitzern, flimmern, vergehn.

BLAUER SCHMETTERLING

Flügelt ein kleiner blauer
Falter vom Wind geweht,
Ein perlmutterner Schauer,
Glitzert, flimmert, vergeht.
So mit Augenblicksblinken,
So im Vorüberwehn
Sah ich das Glück mir winken,
Glitzern, flimmern, vergehn.

Zinnien, 1930

SPRACHE

Die Sonne spricht zu uns mit Licht,
Mit Duft und Farbe spricht die Blume,
Mit Wolken, Schnee und Regen spricht
Die Luft. Es lebt im Heiligtume
Der Welt ein unstillbarer Drang,
Der Dinge Stummheit zu durchbrechen,
In Wort, Gebärde, Farbe, Klang
Des Seins Geheimnis auszusprechen.
Hier strömt der Künste lichter Quell,
Es ringt nach Wort, nach Offenbarung,
Nach Geist die Welt und kündet hell
Aus Menschenlippen ewige Erfahrung.
Nach Sprache sehnt sich alles Leben,
In Wort und Zahl, in Farbe, Linie, Ton
Beschwört sich unser dumpfes Streben
Und baut des Sinnes immer höhern Thron.

In einer Blume Rot und Blau,
In eines Dichters Worte wendet
Nach innen sich der Schöpfung Bau,
Der stets beginnt und niemals endet.
Und wo sich Wort und Ton gesellt,
Wo Lied erklingt, Kunst sich entfaltet,
Wird jedesmal der Sinn der Welt,
Des ganzen Daseins neu gestaltet,

Und jedes Lied und jedes Buch
Und jedes Bild ist ein Enthüllen,
Ein neuer, tausendster Versuch,
Des Lebens Einheit zu erfüllen.
In diese Einheit einzugehn
Lockt euch die Dichtung, die Musik,
Der Schöpfung Vielfalt zu verstehn
Genügt ein einziger Spiegelblick.
Was uns Verworrenes begegnet,
Wird klar und einfach im Gedicht:
Die Blume lacht, die Wolke regnet,
Die Welt hat Sinn, das Stumme spricht.

BESINNUNG

Göttlich ist und ewig der Geist.
Ihm entgegen, dessen wir Bild und Werkzeug sind,
Führt unser Weg; unsre innerste Sehnsucht ist:
Werden wie Er, leuchten in Seinem Licht!

Aber irden und sterblich sind wir geschaffen,
Träge lastet auf uns Kreaturen die Schwere.
Hold zwar und mütterlich warm umhegt uns Natur,
Säugt uns Erde, bettet uns Wiege und Grab;
Doch befriedet Natur uns nicht,
Ihren Mutterzauber durchstößt
Des unsterblichen Geistes Funke
Väterlich, macht zum Manne das Kind,
Löscht die Unschuld und weckt uns zu Kampf und Gewissen.

So zwischen Mutter und Vater,
So zwischen Leib und Geist
Zögert der Schöpfung gebrechlichstes Kind,
Zitternde Seele Mensch, des Leidens fähig
Wie kein andres Wesen, und fähig des Höchsten:
Gläubiger, hoffender Liebe.

Schwer ist sein Weg, Sünde und Tod seine Speise,
Oft verirrt er ins Finstre, oft wär ihm
Besser, niemals erschaffen zu sein.

Ewig aber strahlt über ihm seine Sehnsucht,
Seine Bestimmung: das Licht, der Geist.
Und wir fühlen: ihn, den Gefährdeten,
Liebt der Ewige mit besonderer Liebe.

Darum ist uns irrenden Brüdern
Liebe möglich noch in der Entzweiung,
Und nicht Richten und Haß,
Sondern geduldige Liebe,
Liebendes Dulden führt
Uns dem heiligen Ziele näher.

KLAGE

Uns ist kein Sein vergönnt. Wir sind nur Strom,
Wir fließen willig allen Formen ein:
Dem Tag, der Nacht, der Höhle und dem Dom,
Wir gehn hindurch, uns treibt der Durst nach Sein.

So füllen Form um Form wir ohne Rast,
Und keine wird zur Heimat uns, zum Glück, zur Not,
Stets sind wir unterwegs, stets sind wir Gast,
Uns ruft nicht Feld noch Pflug, uns wächst kein Brot.

Wir wissen nicht, wie Gott es mit uns meint,
Er spielt mit uns, dem Ton in seiner Hand,
Der stumm und bildsam ist, nicht lacht noch weint,
Der wohl geknetet wird, doch nie gebrannt.

Einmal zu Stein erstarren! Einmal dauern!
Danach ist unsre Sehnsucht ewig rege,
Und bleibt doch ewig nur ein banges Schauern,
Und wird doch nie zur Rast auf unsrem Wege.

Anmutig, geistig, arabeskenzart
Scheint unser Leben sich wie das von Feen
In sanften Tänzen um das Nichts zu drehen,
Dem wir geopfert Sein u. Gegenwart.

Schönheit der Träume, holde Spielerei,
So hingehaucht, so würdig abgestimmt,
Tief unter deiner heitern Fläche glimmt
Sehnsucht nach Nacht, nach Blut, nach Barbarei.

Im Leeren dreht sich, ohne Zwang u. Not
Frei unser Leben stets zum Spiel bereit,
Doch heimlich dürsten wir nach Wirklichkeit
Nach Zeugung u. Geburt, nach Leid u. Tod.

DOCH HEIMLICH DÜRSTEN WIR ...

Anmutig, geistig, arabeskenzart
Scheint unser Leben sich wie das von Feen
In sanften Tänzen um das Nichts zu drehen,
Dem wir geopfert Sein und Gegenwart.

Schönheit der Träume, holde Spielerei,
So hingehaucht, so reinlich abgestimmt,
Tief unter deiner heitern Fläche glimmt
Sehnsucht nach Nacht, nach Blut, nach Barbarei.

Im Leeren dreht sich, ohne Zwang und Not,
Frei unser Leben, stets zum Spiel bereit,
Doch heimlich dürsten wir nach Wirklichkeit,
Nach Zeugung und Geburt, nach Leid und Tod.

Sonne und Mond in Hesses Bildermärchen
»Piktors Verwandlungen«

DIENST

Im Anfang herrschten jene frommen Fürsten,
Feld, Korn und Pflug zu weihen und das Recht
Der Opfer und der Maße im Geschlecht
Der Sterblichen zu üben, welche dürsten

Nach der Unsichtbaren gerechtem Walten,
Das Sonn und Mond im Gleichgewichte hält,
Und deren ewig strahlende Gestalten
Des Leids nicht kennen und des Todes Welt.

Längst ist der Göttersöhne heilige Reihe
Erloschen, und die Menschheit blieb allein,
In Lust und Leides Taumel, fern vom Sein,
Ein ewiges Werden ohne Maß und Weihe.

Doch niemals starb des wahren Lebens Ahnung,
Und unser ist das Amt, im Niedergang
Durch Zeichenspiel, durch Gleichnis und Gesang
Fortzubewahren heiliger Ehrfurcht Mahnung.

Vielleicht, daß einst das Dunkel sich verliert,
Vielleicht, daß einmal sich die Zeiten wenden,
Daß Sonne wieder uns als Gott regiert
Und Opfergaben nimmt von unsern Händen.

Das Glasperlenspiel

Musik des Weltalls und Musik der Meister
Sind wir bereit in Ehrfurcht anzuhören,
Zu reiner Feier die verehrten Geister
Begnadeter Zeiten zu beschwören.

Wir lassen vom Geheimnis uns erheben
Der magischen Formelschrift in deren Bann
Das Uferlose, Stürmende, das Leben
Zu klaren Gleichnissen gerann.

Sternbildern gleich ertönen sie Kristallen,
In ihrem Dienst ward unserm Leben Sinn,
Und Keiner kann aus ihren Kreisen fallen
Als nach der heiligen Mitte hin.

Musik des Weltalls und Musik der Meister
Sind wir bereit in Ehrfurcht anzuhören,
Zu reiner Feier die verehrten Geister
Begnadeter Zeiten zu beschwören.

Wir lassen vom Geheimnis uns erheben
Der magischen Formelschrift, in deren Bann
Das Uferlose, Stürmende, das Leben
Zu klaren Gleichnissen gerann.

Sternbildern gleich ertönen sie kristallen,
In ihrem Dienst ward unserm Leben Sinn,
Und keiner kann aus ihren Kreisen fallen
Als nach der heiligen Mitte hin.

Agra, August 1923

Seufzend durchs Gewölbe zieht, und wieder dröhnend,
Orgelspiel. Andächtige Gläubige hören,
Wie vielstimmig in verschlungenen Chören,
Sehnsucht, Trauer, Engelsfreude tönend,
Sich Musik aufbaut zu geistigen Räumen,
Sich verloren wiegt in seligen Träumen,
Firmamente baut aus tönenden Sternen,
Deren goldene Kugeln sich umkreisen,
Sich umwerben, nähern und entfernen,
Immer weiter schwingend sonnwärts reisen,
Bis es scheint, es sei die Welt durchlichtet,
Ein Kristall, in dessen klaren Netzen
Hundertfach nach reinlichsten Gesetzen
Gottes lichter Geist sich selber dichtet.

Daß aus Blättern voll von Notenzeichen
Solche weitgeschwungenen, geistdurchsonnten,
Solche Welt- und Sternenchöre werden konnten,
Daß ein Orgelpfeifenchor sie in sich banne,
Ist es nicht ein Wunder ohnegleichen?
Daß ein Musikant am Manuale
Sie mit Eines Menschen Kraft umspanne?
Daß ein Volk von Hörern sie verstehe,
Mit erschwinge, töne, mit erstrahle,

Mit hinauf ins tönende Weltall wehe?
Arbeit war's und Ernte langer Zeiten,
Zehn Geschlechter mußten daran bauen,
Hundert Meister fromm es zubereiten,
Viele tausend Schüler sie begleiten.

Und nun spielt der Organist, es lauschen
Im Gewölb die Seelen hingegangener
Frommer Meister, mit vom Bau umfangener,
Den sie gründen halfen und errichten.
Denn derselbe Geist, der in den Fugen
Und Toccaten atmet, hat einst die besessen,
Die des Münsters Maße ausgemessen,
Heiligenfiguren aus den Steinen schlugen.
Und noch vor den Bau- und Steinmetz-Zeiten
Lebten, dachten, litten viele Fromme,
Halfen Volk und Tempel zubereiten,
Daß der Geist herab auf Erden komme.
Wille von Jahrhunderten gestaltet
In der klaren Töneströme Rauschen
Sich, im Bau der Fugen und Sequenzen,
Wo der schöpferische Geist der Grenzen
Zwischen Tun und Leiden,
Zwischen Leib und Seele waltet.
In den geistbeherrschten Takten dichten
Tausend Menschenträume sich zu Ende,
Träume, deren Ziel war: Gott zu werden,

Träume, deren keiner je auf Erden
Sich erfüllen darf, doch deren dringliche Einheit
Stufe war, darauf das Menschenwesen
Sich enthob aus Notdurft und Gemeinheit
Nahe bis zum Göttlichen, bis zum Genesen.
Auf dem Zauberpfad der Notenzeichen,
Dem Geäst der Schlüssel, Signaturen,
Auf dem Tastwerk, das die Füß' und Hände
Eines Organisten bändigen, entweichen
Gottwärts, geistwärts alle höchsten Strebungen,
Strahlen, was an Leid sie je erfuhren,
Aus im Ton. In wohlgezählten Bebungen
Löst der Drang sich, steigt die Himmelsleiter,
Menschheit bricht die Not, wird Geist, wird heiter.
Denn zur Sonne zielen alle Erden,
Und des Dunkels Traum ist: Licht zu werden.

Spielend sitzt der Organist, die Hörer
Folgen willig, in befreiter Rührung,
Der Gesetze englisch sichrer Führung,
Schwingen glühend, heilige Verschwörer,
Mit empor, zum Tempel sich erbauend,
Mit dem Blick der Ehrfurcht Gott erschauend,
Am Dreieinigen kindhaft beteiligt.
So befreit im Klang, so eint und heiligt
Sich im Sakramente die Gemeinde,
Die entkörperte, dem Gott vereinte.

Das Vollkommene aber ist hienieden
Ohne Dauer, Krieg wohnt jedem Frieden
Heimlich inne, und Verfall dem Schönen.
Orgel tönt, Gewölbe hallt, es treten
Neue Gäste ein, verlockt vom Tönen,
Eine Frist zu rasten und zu beten.
Doch indes die alten Klanggebäude
Weiter aus dem Pfeifenwalde streben,
Voll von Frömmigkeit, von Geist, von Freude,
Hat sich draußen dies und das begeben,
Was die Welt verändert und die Seelen.
Andre Menschen sind es, die jetzt kommen,
Eine andre Jugend wächst, ihr sind die frommen
Und verschlungenen Stimmen dieser Weisen
Nur noch halb vertraut, ihr klingt veraltet
Und verschnörkelt, was noch eben heilig
War und schön, in ihrer Seele waltet
Neuer Trieb, sie mag sich nicht mehr quälen
Mit den strengen Regeln dieser greisen
Musikanten, ihr Geschlecht ist eilig,
Krieg ist in der Welt, und Hunger wütet.
Kurz verweilen diese neuen Gäste
Hier beim Orgelklang, zu wohlbehütet
Finden sie, zu priesterlich-gemessen
Die Musik, so schön und tief sie sei, sie wollen
Andre Klänge, feiern andre Feste,
Fühlen auch in halb verschämter Ahnung

Dieser reich gebauten, hoheitsvollen
Orgelchöre unwillkommene Mahnung,
Die so viel verlangt. Kurz ist das Leben
Und es ist nicht Zeit, sich hinzugeben
So geduldig komplizierten Spielen.
Übrig bleibt im Dome von den vielen,
Die hier zugehört und mitgelebt, fast keiner.
Immer wieder einer geht von hinnen,
Geht gebückt, ward älter, müde, kleiner,
Spricht vom jungen Volk wie von Verrätern,
Schweigt enttäuscht und legt sich zu den Vätern.
Und die Jungen, die den Dom betreten,
Fühlen Heiliges zwar, doch weder Beten
Noch Toccatenhören ist mehr Sitte,
Und der Tempel bleibt, der Kern und Mitte
Einst der Stadt gewesen, fast verlassen,
Ragt urweltlich aus geschäftigen Gassen.

Aber immer noch durch seines Baues Rippen
Atmet die Musik in himmlischem Flüstern.
Träumend und ein Lächeln auf den Lippen
Über immer zarteren Registern
Sitzt der greise Musikant, versponnen
In das Rankenwerk der Stimmengänge,
In des Fugenbaus gestufte Pfade.
Immer zarteres Filigrangestänge
Flicht sein Spiel, mit immer dünnerem Faden

Kreuzen sich die kühnen Ornamente
Im phantastisch luftigen Tongewebe,
Immer inniger und süßer werben
Um einander die bewegten Stimmen,
Scheinen Himmelsleitern zu erklimmen,
Halten oben sich in seliger Schwebe,
Um wie Abendrosenwolken hinzusterben.

Nicht bekümmert ihn, daß die Gemeinde,
Schüler, Meister, Gläubige und Freunde
Sich verloren haben, daß die eiligen Jungen
Die Gesetze nicht mehr kennen, der Figuren
Bau und Sinn kaum noch erfühlen mögen,
Daß die Töne nicht Erinnerungen
Mehr des Paradieses ihnen sind und Gottesspuren,
Daß nicht zehn, nicht einer mehr imstande,
Dieser Tongewölbe heilige Bögen
Nachzubaun im Geist und diesem Weben
Alterworbener Mysterien Sinn zu geben.
Und so fiebert rings in Stadt und Lande
Junges Leben seine stürmischen Bahnen,
Doch im Tempel, einsam im Gestühle,
Waltet fort der geisterhafte Alte,
(Sage halb, halb Spottfigur den Jungen),
Spinnt geheiligte Erinnerungen,
Füllt mit göttlichem Sinn die Ornamente,
Rückt Register immer leiseren Klanges,

Stuft den Fugenschritt zum Sakramente,
Das nur seine Ohren noch erlauschen,
Während andre nichts mehr als das Flüstern
Der Vergangenheit spüren und das leise Rauschen
Brüchiger Vorhangfalten, die im düstern
Steingeklüft der Pfeiler müd sich bauschen.

Niemand weiß, ob noch der alte Meister
Drinnen spiele, ob die zarten, leisen
Tongeflechte, die im Raume kreisen,
Nur noch Spuk sind überbliebener Geister,
Nachhall und Gespenst aus anderen Zeiten.
Manchmal aber bleibt ein Mensch beim Dome
Lauschend stehen, öffnet sacht die Pforte,
Horcht entrückt dem fernen Silberstrome
Der Musik, vernimmt aus Geistermunde
Heiter-ernster Väterweisheit Worte,
Geht davon mit klangberührtem Herzen,
Sucht den Freund auf, gibt ihm flüsternd Kunde
Vom Erlebnis der entrückten Stunde
Dort im Dom beim Duft erloschener Kerzen.
Und so fließt im unterirdisch Dunkeln
Ewig fort der heilige Strom, es funkeln
Aus der Tiefe manchmal seine Töne;
Wer sie hört, spürt ein Geheimnis walten,
Sieht es fliehen, wünscht es festzuhalten,
Brennt vor Heimweh. Denn er ahnt das Schöne.

Abend am Luganer See, um 1933

FLÖTENSPIEL

Ein Haus bei Nacht durch Strauch und Baum
Ein Fenster leise schimmern ließ,
Und dort im unsichtbaren Raum
Ein Flötenspieler stand und blies.

Es war ein Lied so altbekannt,
Es floß so gütig in die Nacht,
Als wäre Heimat jedes Land,
Als wäre jeder Weg vollbracht.

Es war der Welt geheimer Sinn
In seinem Atem offenbart,
Und willig gab das Herz sich hin
Und alle Zeit ward Gegenwart.

Pavillon im Wald, 1921

Mondlicht aus opalener Wolkenlücke
Zählt die spitzen Bambusschatten peinlich,
Malt der hohen Katzenbuckelbrücke
Spiegelbild aufs Wasser rund und reinlich.

Bilder sind es, die wir zärtlich lieben,
Auf der Welt und Nacht lichtlosem Grunde
Zaubrisch schwimmend, zaubrisch hingeschrieben,
Ausgelöscht schon von der nächsten Stunde.

Unterm Maulbeerbaum der trunkene Dichter,
Der den Pinsel wie den Becher meistert,
Schreibt der Mondnacht, die ihn hold begeistert,
Wehende Schatten auf und sanfte Lichter.

Seine raschen Pinselzüge schreiben
Mond und Wolken hin und all die Dinge,
Die dem Trunkenen vorübertreiben,
Daß er sie, die flüchtigen, besinge,
Daß er sie, die Zärtliche, erlebe,
Daß er ihnen Geist und Dauer gebe.

Und sie werden unvergänglich bleiben.

Stufen

Wie jede Blüte welkt und jede Jugend
Dem Alter weicht, blüht jede Lebensstufe,
Blüht jede Weisheit auch und jede Tugend
Zu ihrer Zeit und darf nicht ewig dauern.
Es muß das Herz bei jedem Lebensrufe
Bereit zum Abschied sein und Neubeginne,
Um sich in Tapferkeit und ohne Trauern
In andre, neue Bindungen zu geben.
Und jedem Anfang wohnt ein Zauber inne,
Der uns beschützt und der uns hilft, zu leben.

Wir sollen heiter Raum um Raum durchschreiten,
An keinem wie an einer Heimat hängen,
Der Weltgeist will nicht fesseln uns und engen,
Er will uns Stuf' um Stufe heben, weiten.
Kaum sind wir heimisch einem Lebenskreise
Und traulich eingewohnt, so droht Erschlaffen;
Nur wer bereit zu Aufbruch ist und Reise,
Mag lähmender Gewöhnung sich entraffen.

Es wird vielleicht auch noch die Todesstunde
Uns neuen Räumen jung entgegen senden,
Des Lebens Ruf an uns wird niemals enden....
Wohlan denn, Herz, nimm Abschied und gesunde!

STUFEN

Wie jede Blüte welkt und jede Jugend
Dem Alter weicht, blüht jede Lebensstufe,
Blüht jede Weisheit auch und jede Tugend
Zu ihrer Zeit und darf nicht ewig dauern.
Es muß das Herz bei jedem Lebensrufe
Bereit zum Abschied sein und Neubeginne,
Um sich in Tapferkeit und ohne Trauern
In andre, neue Bindungen zu geben.
Und jedem Anfang wohnt ein Zauber inne,
Der uns beschützt und der uns hilft, zu leben.

Wir sollen heiter Raum um Raum durchschreiten,
An keinem wie an einer Heimat hängen,
Der Weltgeist will nicht fesseln uns und engen,
Er will uns Stuf' um Stufe heben, weiten.
Kaum sind wir heimisch einem Lebenskreise
Und traulich eingewohnt, so droht Erschlaffen,
Nur wer bereit zu Aufbruch ist und Reise,
Mag lähmender Gewöhnung sich entraffen.

Es wird vielleicht auch noch die Todesstunde
Uns neuen Räumen jung entgegen senden,
Des Lebens Ruf an uns wird niemals enden . . .
Wohlan denn, Herz, nimm Abschied und gesunde!

JUNGER NOVIZE IM ZEN-KLOSTER

Ist auch alles Trug und Wahn
Und die Wahrheit stets unnennbar,
Dennoch blickt der Berg mich an
Zackig und genau erkennbar.

Hirsch und Rabe, rote Rose,
Meeresblau und bunte Welt:
Sammle dich – und sie zerfällt
Ins Gestalt- und Namenlose.

Sammle dich und kehre ein,
Lerne schauen, lerne lesen!
Sammle dich – und Welt wird Schein.
Sammle dich – und Schein wird Wesen.

HERMANN HESSE

AN SEINEN SOHN MARTIN

[April 1940]

Lieber Martin!

Ich lege Dir die letzte Fassung des neuen Gedichtes bei.[1]

Ja, das ist komisch: während die ganze Welt sich in Gräben und Bunkern etc. bereit hält, um unsre bisherige Welt vollends in Splitter zu schießen, war ich tagelang damit beschäftigt, dem kleinen Gedicht eine bessere Fassung zu geben. Es hatte zuerst vier Strophen und hat jetzt nur noch drei, und ich hoffe, es sei dadurch einfacher und besser geworden und habe nichts Wesentliches verloren. In der ersten Strophe störte mich die vierte Zeile schon von Anfang an, und beim öfteren Abschreiben für Freunde begann ich dann Zeile um Zeile und Wort um Wort zu beklopfen und zu prüfen, was entbehrlich sei und was nicht.

Neun Zehntel meiner Leser merken es überhaupt nicht, ob das Gedicht diese oder jene Fassung hat. Von der Zeitung, die das Gedicht drucken wird, kriege ich, wenns gut geht, etwa zehn Franken dafür, einerlei ob es diese oder jene Fassung sei. Für die Welt ist eine solche Beschäftigung also ein Unsinn, etwas Spielerisches, Komisches, eher schon Verrücktes, und man kann sich fragen: wie kommt der Dichter dazu, sich um seine paar Verschen solche Sorgen zu machen und so die Zeit zu vertun?

1 Die letzte Fassung des Gedichtes »Flötenspiel« vom 3. 4. 1940.

Und man könnte antworten: erstens ist das, was der Dichter da tut, vermutlich zwar wertlos, denn es ist nicht wahrscheinlich, daß er grade eins von den ganz wenigen Gedichten gemacht habe, die nachher für 100 und 500 Jahre am Leben bleiben – aber dennoch hat dieser komische Mann etwas Besseres, etwas Unschädlicheres, Harmloseres und Wünschenswerteres getan als die Mehrzahl der Menschen heute tut. Er hat Verse gemacht und Worte aufs Schnürchen gereiht, aber er hat weder geschossen noch gesprengt, noch Gas gestreut, noch Munition fabriziert, noch Schiffe versenkt etc. etc.
Und man könnte auch antworten: Daß der Dichter so seine Wörtchen klaubt und setzt und auswählt, mitten in einer Welt, die morgen vielleicht zerstört sein wird, das ist genau das Gleiche, was die Anemonen und Primeln und andern Blümchen tun, die jetzt auf allen Wiesen wachsen. Mitten in einer Welt, die vielleicht morgen mit Giftgas überzogen ist, bilden sie sorgfältig ihre Blättchen und Kelche, mit fünf oder vier oder sieben Blumenblättchen, glatt oder gezackt, alles genau und möglichst hübsch.

SIEGFRIED UNSELD

WEGE NACH INNEN

25 Gedichte
von Hermann Hesse

Schmale Gedichtbücher haben den Dichter Hesse immer gekennzeichnet. Es begann 1899 mit den »Romantischen Liedern« und den Prosastücken unter dem Titel »Hermann Lauscher« (1901). Hesse war zu dieser Zeit ein junger Mensch von 21 bzw. 23 Jahren. Er arbeitete als Gehilfe in einer Buchhandlung mit einem monatlichen Gehalt von 110 Schweizer Franken. Seine frühesten Gedichte ließ er auf eigene Kosten drucken. Nach seiner zweiten Publikation »Eine Stunde hinter Mitternacht« veröffentlichte Rainer Maria Rilke eine sehr freundliche Besprechung, die ihm die Verbindung zu Carl Busse einbrachte, der 1902 den Band »Gedichte«, mit der lyrischen Ernte aus den Jahren 1899-1902, bei Grote in Berlin herausgab.

Hesse hat sich immer wieder zu der Art und Bedeutung seiner Gedichte geäußert, er machte sich Gedanken über ›gute‹ und ›schlechte‹ Gedichte. Natürlich wußte er, daß Gottfried Benn einmal geschrieben hatte, ein Autor könne nur sechs »vollkommene« Gedichte verfassen, aber er wußte auch, daß die Unterscheidung zwischen guten und schlechten, zwischen gelungenen und nicht gelungenen Gedichten sehr schwierig ist. Der Grund wäre leicht zu finden, meinte er: »Ein Gedicht ist in seinem Entstehen etwas ganz Eindeutiges. Es ist eine Entladung, ein Ruf, ein Schrei, ein Seufzer,

eine Gebärde, eine Reaktion der erlebenden Seele, mit der sie sich einer Wallung, eines Erlebnisses zu erwehren oder ihrer bewußt zu werden sucht. In dieser ersten, ursprünglichen, wichtigsten Funktion ist überhaupt kein Gedicht beurteilbar. Es spricht ja zunächst lediglich zum Dichter selbst, ist sein Aufatmen, sein Schrei, sein Traum, sein Lächeln, sein Umsichschlagen.« (»Über Gedichte«, GW 11, S. 197)
Und es kommt noch eine andere Erfahrung hinzu: Je nach einer Lebensempfindung findet man ein Gedicht gut oder schlecht, und es kann sein, daß man Gedichte, die man lange Zeit für schön gehalten hat, in einer späteren Lebensphase als nicht gelungen beurteilt oder umgekehrt. Es kommt im Leben eines Menschen immer wieder vor, daß ein lange als schön empfundenes Gedicht einem plötzlich unwert wird oder die schönen Gedichte einem wie künstlich vorkommen. »Aber auch hier lauert Enttäuschung«, schreibt Hesse, »das Lesen schlechter Gedichte ist ein überaus kurzfristiger Genuß, man hat schnell genug davon. Aber wozu denn lesen? Kann nicht jedermann selber schlechte Gedichte machen? Man tue es, und man wird sehen, daß das Machen schlechter Gedichte noch viel beglückender ist als sogar das Lesen der allerschönsten Gedichte.«
Mich haben eine Handvoll Gedichte von Hesse durch mein Leben begleitet – frühe Gedichte, wie »Dorfabend«, »Im Nebel«, »Der Blütenzweig« oder »Die Birke« –, aber auf besondere Weise fühlte ich mich zu jenen Gedichten Hesses hingezogen, in denen er seinen Dichterberuf ausdrückt. Diese Gedichte sind hier gesammelt, so z.B. das 1927 entstandene achtzeilige Gedicht »Blauer Schmetterling«.

Sanft bewegt schweben die Daktylen dahin, die Reime sind rein gehalten, das Reimschema klar durchgeführt, im gewagten Enjambement wird der »Falter«, der entscheidende Träger der Gleichnisbeziehung, hervorgehoben. Der Autor sagt nichts über die Empfindung aus, die ihn bewegt, er läßt sie »sich selber sagen«. In der Ambivalenz des Wortes »Schauer« liegen Wehmut und Freude zugleich. Mit dem anaphorisch gebrauchten »so« setzt die Gleichnisbeziehung ein; beide Teile gehen fugenlos ineinander über. Die Epiphora, die in einer Antiklimax vom Glitzern zum Vergehen angeordnet ist, hebt eindrucksvoll das Vergängliche alles Schönen und allen Glücks hervor. Der Dichter vertieft sich nicht »erinnernd in das Vergangene«, wie Emil Staiger die Gestaltungsweise des lyrischen Dichters bestimmen will. Das lyrische Dichten ist nicht »unwillkürlich«, der Dichter steht seinem Erlebnis deutlich gegenüber: Er »leistet« das Festhalten einer augenblicklichen Stimmung; er erinnert nicht an das Vergangene, sondern beschwört den gegenwärtigen Augenblick. Dies zeigt auch die letzte Strophe des Gedichtes »Flötenspiel« von 1940:

Es war der Welt geheimer Sinn
In seinem Atem offenbart,
Und willig gab das Herz sich hin
Und alle Zeit ward Gegenwart.

Immer wieder gestaltet Hesse diese »Sinnbilder alles Schönen und Vergänglichen«. Er nennt »Blumen und Schmetterlinge, die unvergänglicher Dinge flüchtiges Gleichnis sind«. Seine Sehnsucht zum anderen Pol, zum Dauern ist allzeit rege: »Einmal zu Stein erstarren, einmal dauern.«

In seinen späteren Jahren wird für Hesse das Gedicht immer deutlicher zu einer Metapher für den Beruf des Dichters. So etwa das Gedicht »Das Glasperlenspiel«:

Der Lyriker ist sichtlich um ein alternierendes Metrum bemüht. Seine fünffüßigen Jamben erreichen indes nicht die klassische Vollkommenheit des *vers commun*, wie sie etwa Wieland kennzeichnet, dessen Sprache für Hesse »stets etwas musterhaft Klares und Lebendiges« hat. Hesse verzichtet hier auf den Einschnitt nach der vierten Silbe, wie der *vers commun* es erfordert, und versucht doch auf seine Weise das alternierende Metrum zu beleben und zu beseelen. Schon die Schlußzeilen der Strophe, die auf vier trochäische Füße gekürzt sind, enthalten ein belebendes Element. An ganz bestimmten Punkten der Verse werden Worte eindrucksvoll hervorgehoben, indem sie in die Doppelsenkung gestellt werden.

Immer wieder ist dieses Verfahren in Hesses Alterslyrik zu beobachten: Die alternierende Bewegung wird unterbrochen, dafür wird die Aufmerksamkeit des Lesers auf die in den Doppelsenkungen stehenden Worte gelenkt, die dann auch jeweils – wie hier die Adjektive »begnadet«, »magisch« und »heilig« – besonders bedeutsam sind. Der Dichter beschwört die Geister »begnadeter« Zeiten, gotterfüllter Zeiten:

> Alle Begnadungen, die ich erfuhr
> Stunden von Liebe, Stunden von Geist beseelt,
> Wurden Gestalten, stehen bewahrt und gezählt
> Zeichnen mir durch mein Leben die Gottesspur.
>
> (»Kranken-Nacht«)

Der Dichter verdichtet die Welt zu magischen Formeln. Durch die Magie der Worte gerinnt alles Geschehen zum Gleichnis, gerinnen Glück und Schmerz über vergängliche Schönheit zum Gleichnis des Falters, und die beiden Pole des Lebens berühren sich. Der Dichter ist der Wissende, der, selbst unerkannt, seine Weisheit in »magische Formelschrift« bindet.

Hesse hat jene Stufe der Lebenseinsicht erreicht, wie sie Goethe formulierte: »Frömmigkeit, Ehrfurcht, Dienenwollen«. Nur nach der »heiligen Mitte« hin kann der an den Bildern Dienende fallen. In dem Gedicht »Orgelspiel« erschließt der Hinweis auf »kristallen« noch einmal das Phänomen »heilig« bei Hesse: Die Bilder durchlichten die Welt wie »Ein Kristall, in dessen klaren Netzen / Hundertfach nach reinlichsten Gesetzen / Gottes lichter Geist sich selber dichtet«. Dichtung ist Dienst an den Bildern, und nur durch diesen »Dienst« »ward unserm Leben Sinn«. Dieser Dienst an den Bildern, in denen »Gottes lichter Geist sich selber dichtet«, führt zur »heiligen Mitte« hin.

Diesen Dienst erweist auch das Gedicht aus dem Jahre 1937 »Chinesisch«:

Feierlich und demütig schreiten die Trochäen – der fünffüßige Trochäus klingt für das Ohr des modernen Lesers eigenartig fremd und doch reizvoll. Dieser »serbische« Trochäus wurde in der deutschen Dichtung nur selten verwandt; Gottfried Keller und C.F. Meyer benutzten ihn. Goethe hat den »Klaggesang von den edlen Frauen des Asan Aga« in dieses Maß gebunden; schon von diesem »Klaggesang« her ergibt sich eine Affinität des fünffüßigen Trochäus mit der Stimmung stiller Traurigkeit. Bei Hesse indes wird der fremde Klang durch reine Reime dem deutschen Ohr vertrauter gemacht. Die Reime sind sorgfältig gegliedert. Das anfängliche Schema gekreuzter Reime *(abab cdcd)* wird in der dritten Strophe aufgegeben; die Spiegelreime dieser Strophe *(effe)* bringen eine neue Schwebung in das Gedicht und bereiten die folgenden Reime vor. Auch die Reime in der vierten Strophe sind sorgfältig gegliedert: die beiden ersten Reime als gekreuzte Reime *(ghgh)* und der dritte Reim als Paarreim *(ii)*; dieser Paarreim wirkt gleichsam wie eine Fermate, die den Satzton hoch- und anhält. Es folgt eine einzeln stehende Zeile, deren Reimwort mit dem Verbum »schreiben« aus dem vorhergehenden Strophenanfang eine wichtige Verbindung eingeht, gleichsam, als sollte schon auf dem Gebiet des Reims das Bleiben mit dem Schreiben verbunden und somit das Bleibende der Dichtung ausgedrückt werden. Wieder wird der alternierende Gang des Metrums an drei Stellen durch Doppelsenkungen unterbrochen, in denen sich das wie ein Opal Schillernde, das trunken Unruhige und das wehend Bewegte auch im Versmaß eindrucksvoll äußert. Von der vierten Strophe an, die nun nicht mehr in vier, sondern in sechs Zeilen gegliedert ist, beschleunigt sich – durch keine Doppelsenkung mehr aufgehalten – der alternierende Gang der Trochäen, bis er sich in der letzten Zeile, die gelassen dahinströmt, beruhigt. Ein gewisser Sog zur Schlußzeile äußert sich zudem in der Syntax der vierten Strophe: In die Absichtssätze, die jeweils durch »daß« am Zeilenanfang polysyndetisch aufeinander bezogen sind, sind zwei Sperrungen eingelegt. Nach der sechsten Zeile

vermag nun die durch diese drei verbundenen Satzteile kunstvoll aufgestaute Bewegung nicht mehr auszuschwingen. Wie in einer Fermate hält nun der gepaarte Reim in der Bewegung an. Die einzeln stehende Zeile am Schluß des Gedichts nimmt mit der Konjunktion »und« nun diese Bewegung auf und läßt sie im Rhythmus ruhig ausschwingen.
Das Gedicht »Chinesisch« ist nicht die erste Gestaltung Hesses, in der das Bild der dichterischen Berufung chinesische Züge trägt. »Die Morgenlandfahrt« Hermann Hesses, die Fahrt zum bewegenden schöpferischen Geist, besitzt nicht zufällig die Richtung nach Osten. Hesse meinte, in der Welt des chinesischen Geistes sei die Urheimat der Poesie. Der chinesische Dichter ist in doppelter Hinsicht ein Diener an den Bildern; er beschwört die Bilder ja nicht nur mit Worten, auch seine Schrift ist eine Schrift in Bildern. Diese Sehnsucht nach Bildern verspürte in Hesses 1913 entstandenem Märchen »Der Dichter« der chinesische Poet Han Fook in sich, er versuchte, »die Welt so vollkommen in Gedichten zu spiegeln, daß er in diesen Spiegelbildern die Welt selbst geläutert und verewigt besäße«. Oft trägt die Gestalt des Dichters im Werk Hesses chinesische Züge. Im »Klingsor« etwa hat Hesse in Li Tai Pe den trunkenen und glühenden Dichter gezeichnet, während er Thu Fu all das Scheue, Zarte, Ehrfürchtige und Fromme, all das Dienenwollende seines Wesens gegeben hat.
Immer wieder versuchte Hesse das Bild des Dichters als das eines Dienenden zu bringen, so auch im Gedicht »Dienst« aus dem Jahre 1936:
Selten hat Hesse die »Sendung des Dichters« so eindeutig

ausgesprochen wie in diesem Gedicht: Das »Amt des Dichters« ist es, »heiliger Ehrfurcht Mahnung fortzubewahren«. Wieder sind hier charakteristische Worte in Doppelsenkungen gestellt, denn auf dieses »heiliger« kommt es dem Dichter an. Hesses Dichtung selbst ist dieser Dienst an den Bildern, in denen »Gottes lichter Geist sich selber dichtet«.
25 Gedichte von Hermann Hesse. Jeder, der eine solche Auswahl zu treffen hat, würde jeweils andere Gedichte bevorzugen, aber er weiß zugleich: Die Gedichte sind ein Hauptteil von Hesses Werk, sie sind nicht nur Begleitmusik zu seinem Leben und Wirken. Romantisches Erbe wirkt darin fort und Wahrhaftigkeit dem Leben gegenüber. Viele Kritiker haben das nicht verstanden; sie sehen Hesse als einen Nachahmer der Romantiker. Ich wählte solche Gedichte aus, die durchaus in der Nachfolge der Romantik stehen, aber es sind für mich die Gedichte, die für Hesse charakteristisch sind.
Wir können ja auch seinen Rat befolgen, selber Gedichte zu schreiben und einsam »Im Nebel« zu wandern wie eine »Weiße Wolke«!

INHALT

ISBN 3-458-06617-9
9 783458 066170
DM 10.00
ab 01.01.2002
€ 5.00